CLÁSICOS DE ORO

El libro de la selva
y
Cuentos de la selva

SELECTOR®
actualidad editorial

SELECTOR®
actualidad editorial

Doctor Erazo 120, Col. Doctores, C.P. 06720, México, D.F.
Tel. (01 55) 51 34 05 70 • Fax (01 55) 51 34 05 91
Lada sin costo: 01 800 821 72 80

Título: EL LIBRO DE LA SELVA Y CUENTOS DE LA SELVA
Autores: Rudyard Kipling y Horacio Quiroga
Adaptadoras: Sandra Bautista y Elena Pujol Martínez
Colección: Clásicos de oro

Adaptación de las obras originales *El libro de la selva* y *Cuentos de la selva*

Diseño de portada: Socorro Ramírez Gutiérrez
Ilustraciones de interiores: Guillermo Graco Castillo y Mónica Jácome
Ilustraciones de portada: Guillermo Graco Castillo y Mónica Jácome

D.R. © Selector, S.A. de C.V., 2013
    Doctor Erazo 120, Col. Doctores,
    Del. Cuauhtémoc,
    C.P. 06720, México, D.F.

ISBN: 978-607-453-133-6

Primera reimpresión. Junio 2016.

Sistema de clasificación Melvil Dewey

828/860U

K99/Q22

2013
    Kipling, Rudyard y Horacio Quiroga
    El libro de la selva y *Cuentos de la selva* / Rudyard Kipling y
    Horacio Quiroga.–
    Ciudad de México, México: Selector, 2013.

    160 pp.

    ISBN: 978-607-453-133-6

    1. Literatura universal. 2. Literatura infantil y juvenil.

Esta edición se imprimió en Junio 2016. Acabados Editoriales
Tauro. Margarita No. 84 Col. Los Ángeles Iztapalapa México, D.F.

Índice

El libro de la selva

Cuentos de la selva

El libro de la selva

Rudyard Kipling
(1865-1936)

Escritor y poeta inglés. Controvertido por sus ideas imperialistas. Es uno de los más grandes cuentistas de la lengua inglesa. Pertenecía a una familia inglesa, y vivió en la India los primeros años de su infancia. A los seis años fue enviado a Inglaterra, donde estudió en el United Services College de Westward Ho.

Es autor de *El libro de la jungla* (1894) y de *El segundo libro de la jungla* (1895), entre otros. En 1907 obtuvo el Premio Nobel y en 1926 la medalla de oro de la Royal Society of Literature.

Sus últimas obras son colecciones de relatos y de textos diversos escritos a propósito de la Primera Guerra Mundial. Su obra maestra es *Kim* (1901), en la que narra las aventuras de un muchacho y ofrece un escenario clásico de los aspectos más pintorescos de la India.

Síntesis

El libro de la selva es una recopilación de cuentos de la selva de la India. Los primeros narran la historia de un niño que fue robado a sus padres por el temible tigre Shere Khan, quien en su huída lo dejó caer.

Una pareja de lobos lo encontró y lo crió como a uno de los suyos. Así, Mowgli, como lo nombraron, vivió y creció junto con su familia de lobos.

Akela, el lobo; Baloo, el oso; Bagheera, la pantera; y Kaa, la serpiente; eran entrañables amigos del pequeño y lo ayudaron a vivir en medio de la selva.

Juntos vivieron grandes aventuras al lado de monos, elefantes, abejas, el malvado Shere Khan y los hombres de la aldea cercana.

Introducción

Este libro contiene una serie de cuentos que nos transporta hasta la selva de la lejana India, país en el que nació su autor en la segunda mitad del siglo XIX.

Durante su infancia, Rudyard Kipling escuchó diversas historias de los animales de la selva, por eso la mayoría de sus relatos se desarrollan en estas tierras que hace tiempo estaban casi deshabitadas por hombres.

El libro de la selva forma parte de un libro con más cuentos que se llama *El libro de las tierras vírgenes*. Las historias que aquí te presentamos narran las aventuras que suceden entre los animales de la selva y los habitantes de las aldeas vecinas; su personaje central es un niño que por culpa de un tigre termina viviendo en la selva bajo el cuidado de los lobos.

Y son precisamente las aventuras, alegrías y tristezas de este pequeño, a quien los lobos llamaron Mowgli, las que aquí te presentamos.

Los hermanos de Mowgli

Con el atardecer bochornoso de las colinas de Seeonee despertó papá Lobo.

—Llegó la hora de salir a cazar —dijo al momento en que se desperezaba alargando una pata primero y sacudiendo la cabeza después—. He escuchado que Shere Khan, el tigre, ha decidido cazar aquí.

—¿Shere Khan? Su madre lo llamaba Lungri, *el Cojo*, por su defecto; sólo sirve para cazar ganado, y como ahora lo persiguen los hombres de la aldea de Waingunga viene a molestarnos —gruñó mamá Loba mientras daba de comer a sus cuatro pequeños.

En ese momento, a lo lejos, se oyeron unos gritos provenientes de la aldea.

—El tigre hoy caza al hombre —musitó mamá Loba.

—La ley de la selva prohíbe matar al hombre por ser el más débil de los seres, ya que carece de garras y dientes; además, es muy peligroso porque su muerte siempre atrae a más hombres que vienen a vengarlo —dijo molesto papá Lobo.

De pronto, llegó hasta ellos un aullido de Shere Khan que daba a entender que había fallado en su propósito.

Mamá y papá lobos, por su parte, se quedaron atentos al escuchar crujir unas ramas cerca de donde se encontraban y se sorprendieron al ver algo inesperado:

—¡Un cachorro de hombre, moreno y regordete que apenas sabe andar torpemente! Nunca había visto uno; acércame a esa pequeña ranita —pidió mamá Loba.

—¿Ranita? —preguntó extrañado papá Lobo.

—Este cachorro de hombre no tiene pelo, así que le llamaré Mowgli, *la Rana*. Las ranas no tienen pelo —dijo mamá Loba mientras veía cómo el hombrecito intentaba ponerse de pie sin conseguirlo.

Papá Lobo, sorprendido de que el pequeño en vez de asustarse le sonriera, lo tomó con la misma delicadeza

con que cargaba a sus cachorros y lo colocó junto a mamá Loba que sonrió divertida al ver que se abría lugar entre sus lobatos para calentarse. Entonces se oyó un rugido.

—¡Estoy seguro de que aquí hay un cachorro de hombre que es mío! ¡Devuélvanmelo! ¡Soy Shere Khan!

—Y yo soy Raksha, a la que llaman *el Demonio*, y te digo que los lobos somos el Pueblo Libre y sólo recibimos órdenes de nuestro jefe, no de pintarrajeados como tú —le gritó mamá Loba al tiempo que mostraba sus filosos colmillos (por algo la llamaban *el Demonio*)—. Haremos con este cachorro lo que nos plazca, ¡ahora vete!

—Veremos qué pasa cuando su manada convoque al Consejo, ¡ladrones! —rugió Shere Khan y se alejó.

—¿De verdad te quedarás a este pequeño renacuajo? —preguntó papá Lobo preocupado.

—Esta pequeña criatura vino sola hasta aquí y ha sido muy valiente, yo la protegeré con mi vida si es necesario.

El Consejo se celebraba una vez al mes y todos los lobos debían presentarse. Aquellos que se casaban podían retirarse un tiempo de la manada, pero una vez

que sus cachorros estaban en edad de caminar solos debían presentarlos ante la Peña del Consejo para que todos los integrantes de la manada los conocieran y protegieran, pues era castigado con pena de muerte aquel lobo adulto que mataba a un cachorro o a un lobo joven que aún no aprendía a cazar.

Así llegó el momento en que Mowgli y sus cuatro hermanos lobatos se encaminaron al Consejo de la Peña.

Akela, el enorme Lobo Solitario jefe de la manada, estaba echado sobre la Peña. Él dirigía y aconsejaba a la manada y, por su sabiduría y valor, todos lo respetaban.

Luego de tratar varios asuntos llegó el momento de presentar a los lobatos y las madres colocaban a sus hijos al centro; por supuesto, mamá Loba hizo lo mismo con sus cuatro cachorros y su ranita.

—¡Miren bien, lobos! ¡Miren bien!

—¡Ese cachorro de hombre es mío, devuélvanmelo! ¿Qué tiene él que hacer ahí, lobos? —gruñó Shere Khan, que sigiloso había acudido al Consejo.

—Somos el Pueblo Libre y nosotros no recibimos órdenes de nadie —comentó tranquilamente Akela y agregó—: es nuestra ley que para aceptar a alguien más en nuestra manada por lo menos dos miembros hablen en su favor.

—Yo, Baloo, el viejo oso pardo, el que enseña a sus cachorros todo lo que deben saber sobre la selva, hablo en favor del pequeño desnudo —Baloo era el único animal a quien los lobos permitían hablar en el Consejo—. ¿Qué daño les podría hacer este cachorro? Al contrario, cuando sea grande les podrá ser de mucha ayuda. Yo me comprometo a enseñarle todo lo que deba saber de la selva.

—Aunque no tengo derecho a hablar en el Consejo convocado por el Pueblo Libre, todos sabemos que cualquier animal puede ofrecer un pago por la vida de otro —dijo Bagheera, la hermosa y enorme pantera negra cuya voz era dulce y melodiosa—. Así que ofrezco por la vida del hombrecito un toro que acabo de cazar a poca distancia de aquí.

Los lobos aceptaron y de esta manera Mowgli, *la Rana*, pasó a formar parte de la manada de los lobos pese al enojo de Shere Khan.

Pasados unos 10 u 11 años encontramos a Mowgli muy conocedor de las leyes y las costumbres de la selva. Baloo le había enseñado todo eso.

El niño, por su parte, aprendía con rapidez todo cuanto se le enseñaba y sabía que tenía que respetar a cada miembro de la selva por pequeño que éste fuera.

Shere Khan no había dejado de pensar en su presa, al contrario, su odio había aumentado, y se lo había trasmitido a los lobos jóvenes. La vida de los lobos es mucho más rápida que la de los hombres, por eso es que los lobos que habían aceptado al hombrecito en la manada ya estaban envejeciendo y los lobos jóvenes comenzaban a desplazarlos.

Para entonces, Akela, el Lobo Solitario, ya era viejo y la ley entre los lobos era que cuando el jefe de la manada fallaba en su cacería, ese día debía morir.

—Lobos jóvenes, ¿por qué permiten que el viejo Akela los obligue a aceptar como hermano al hombrecito? —dijo Shere Khan—. Cuando Mowgli mira a los animales a los ojos nosotros tenemos que bajar la cabeza y eso no deben permitirlo los buenos cazadores como ustedes.

Bagheera, que estaba enterada del odio del tigre hacia su querido Mowgli, ideó un plan.

—Hermanito, Akela es viejo y ya no podrá protegerte. Mi consejo es que vayas por la Flor Roja de los hombres y la lleves al Consejo la próxima vez.

Mowgli se dirigió a la aldea y observó a los hombres tomar la Flor Roja, es decir, el fuego; después de esto se escondió y cuando nadie lo veía agarró un poco de la Flor Roja con una especie de antorcha y echó a correr.

Cuando se llevó a cabo el Consejo, Akela se colocó junto a la Peña en señal de que al haber fallado en su última cacería dejaba de ser el jefe de la manada.

—¡Lobos, entréguenme al hombrecito! ¡Me pertenece! —rugió el tigre.

—Shere Khan no tiene derecho a hablar aquí porque somos el Pueblo Libre —comentó Akela con fuerza.

—Además deben cumplir sus promesas, es cuestión de honor, yo pagué un toro por la vida del cachorro humano —rugió Bagheera.

—A nosotros nada nos importa un toro de hace tantos años, nada nos tocó —respondieron los lobos jóvenes que apoyaban a Shere Khan—. ¡Que se vaya!

—Me corresponde morir; yo los he guiado durante las cacerías, ¿quién se va a atrever a matarme si sólo han recibido mi protección y mis enseñanzas? —dijo Akela—. Les ofrezco no oponer resistencia cuando me maten a cambio de la vida de Mowgli; siempre nos ha ayudado a todos, algunas veces quitándonos las espinas, otras rescatándonos de alguna trampa.

En ese momento Mowgli se levantó con la Flor Roja entre las manos y le chamuscó los pelos a Shere Khan.

—Siempre has dicho que me cazarás, yo prometo que un día colocaré tu piel sobre la Peña del Consejo. Y ustedes, lobos que se han dejado convencer por Shere

Khan, para mí sólo son perros y les ordeno respetar la vida de Akela, ¡ahora váyanse! Por mi parte dejo la manada porque ustedes no me quieren.

Mowgli quedó muy triste en compañía de sus cuatro hermanos, Baloo, Bagheera y unos cuantos lobos más. Después buscó a sus padres para decirles que los lobos lo habían mandado con los hombres.

—No me olviden —lloró Mowgli.

—Vuelve pronto, hijo, recuerda que siempre te quise tanto como a mis cachorros —respondió tristemente mamá Loba.

La casa de Kaa

Antes de que Mowgli fuera expulsado de la manada le acontecieron varias aventuras como la siguiente.

Como ya sabemos, Baloo era el encargado de instruir a Mowgli sobre todo lo que debía saber acerca de la selva.

—Le he enseñado todas las palabras mágicas que necesita para no correr peligro, y aunque nuestro hermanito aprende rápido, en ocasiones he tenido que castigarlo.

—Ya veo que le has llenado el cuerpo de moretones —gruñó molesta Bagheera—. ¿Acaso no te das cuenta de que es sólo un cachorro?

—Cuando ha sido necesario he tenido que darle un escarmiento y mira que ha dado resultado; a ver, hermanito, repite las palabras mágicas que sirven para los animales, tanto para los pájaros como para las serpientes.

—¡Tú y yo somos de la misma sangre! —dijo Mowgli lanzando un silbido apenas perceptible; luego miró molesto a Baloo—. Un día tendré mi propia tribu y me desquitaré por las veces que me has castigado.

—No está bien que le digas eso a quien se ha preocupado por ti —dijo el oso—. Sólo los Bandar-log, el pueblo de los monos, podrían haberte aconsejado eso, ¿has estado con ellos?

—Baloo, ¡cómo es posible que no hayas prevenido a nuestro cachorro de hablar con ellos! Tanto lo has golpeado y eso no se lo has enseñado —rugía la pantera al tiempo que clavaba los ojos en Mowgli.

—Lo siento —dijo éste apenado—, pero un día que Baloo me golpeó me encontré a los Bandar-log y me consolaron; dijeron que yo era como ellos a pesar de no tener cola ni pelo y que me nombrarían su jefe.

—Los Bandar-log no tienen jefe, siempre terminan discutiendo por todo hasta que se les olvida por qué comenzaron a discutir. ¡No son de fiar! —dijo Baloo.

—Espero que no vuelvas a hablar con ellos, hermanito; ahora vayamos a dormir.

Los tres amigos buscaron un lugar para descansar entre la hierba; Mowgli se acomodó entre el oso y la pantera donde poco después se quedó profundamente dormido.

Los Bandar-log aprovecharon este momento para raptar a Mowgli, pues a pesar de que ellos eran tontos reconocían que podían aprender mucho de él; además, odiaban a los habitantes de la selva porque nunca los tomaban en cuenta para nada, así que de esta manera también se harían notar.

Mowgli se encontró de pronto tomado por los brazos por dos monos que lo columpiaban por entre las ramas; aunque estaba asustado alcanzó a ver a Rann, *el Milano*, volando en el cielo y recordó las palabras mágicas para comunicarse con las aves y le dijo:

—¡Tú y yo somos de la misma sangre! Avisa a Bagheera y a Baloo que Mowgli, de la manada de los lobos de Seeonee, ha sido raptado.

—Sí, hermano —respondió con un graznido el milano.

Cuando Baloo y Bagheera se enteraron decidieron pedir a Kaa, la enorme serpiente pitón, que los ayudara, pues los monos le temían a ella más que a nadie porque solía deslizarse por las ramas en silencio y cazarlos.

—Ese cachorro humano, del que tanto he oído hablar, debe ser alguien importante para que dos cazadores como ustedes me pidan ayuda —dijo Kaa.

—Ayúdanos y compartiré mi caza contigo —comentó Bagheera—. Ahora vayamos rápido hacia las moradas frías, las ruinas de lo que alguna vez fue una aldea de hombres, allí tienen a nuestro hermanito los Bandar-log.

Mientras tanto, Mowgli estaba sentado en el centro de un círculo formado por los monos. Ellos discutían tanto que no lograban ponerse de acuerdo; sin embargo, cuando se dieron cuenta de que la enorme pantera se deslizaba entre los árboles intentando rescatar a Mowgli, todos se apresuraron a esconderlo entre las ruinas. Después se lanzaron contra Bagheera, que no lograba protegerse de las mordidas de los monos.

—¡Bagheera, lánzate a la cisterna que está llena de agua! —gritó Mowgli.

Así lo hizo la pantera y en ese momento apareció Baloo, que pese a toda su fuerza también resultó muy lastimado por los montoneros Bandar-log.

Entonces, algo se deslizó por entre las ruinas.

—¡Es Kaa! ¡Huyan! —gritaron los monos, aunque de pronto se quedaron quietos entre las ramas al observar la curiosa danza de la serpiente, un baile en el que se enroscaba y desenroscaba.

Baloo y Bagheera, ya junto a Mowgli, miraban a Kaa.

—Ahora, monos, saben que me tienen que obedecer —dijo Kaa—, ¡acérquense a mí!

Los monos, hipnotizados, se acercaban a su final y Mowgli tuvo que detener a sus dos amigos para que no se aproximaran también a la enorme serpiente.

—Hermanito, si no nos sacas inmediatamente de aquí seremos parte también de la caza de Kaa —murmuró Bagheera—. ¡No puedo detenerme!

Una vez en la selva la pantera dijo a Mowgli que por culpa suya tanto ella como Baloo habían arriesgado su vida, además de tener una gran cantidad de heridas que tardarían en sanar.

—La ley de la selva dice que mereces un castigo —dijo Baloo.

—Lo merezco —respondió apenado Mowgli.

Bagheera se encargó de darle algunos azotes, tras lo cual quedó saldada la cuenta y nunca más volvieron a hablar del asunto. Así se rigen las cosas con la ley de la selva.

De cómo vino el miedo

Hubo una ocasión en que las lluvias tardaron en llegar a la selva. En situaciones así, era Hathi, el elefante salvaje dueño de la selva, quien vigilaba que todos los animales pudieran beber de un hilillo de agua que corría en un sitio del río Waingunga conocido como la Peña de la Paz.

Hathi y sus tres hijos vigilaban que los animales carnívoros estuvieran de un lado y los herbívoros de otro, ya que nadie tenía permitido cazar hasta que las lluvias llegaran.

Mowgli, al igual que todos los habitantes de la selva, estaba sumamente flaco y débil por la falta de comida.

—Ven, hermanito, vayamos a beber agua —le dijo Bagheera y ambos se dirigieron a aquel lugar.

De pronto vieron a Shere Khan entrar al agua a beber.

—Vaya que estás sucio, ¿qué es eso que estás dejando en el agua? —preguntó Bagheera.

—Sangre... ¡Maté a un hombre!, y lo hice por gusto. Ésta era mi noche.

—Vete ahora si ya bebiste lo suficiente —dijo Hathi—, no es correcto ensuciar el agua.

Todos esperaban que Hathi reprendiera a Shere Khan y al no hacerlo Mowgli preguntó:

—¿Por qué dice Shere Khan que es su noche?

—Si guardan silencio, les contaré la historia, tal como a mí me la contaron —respondió Hathi.

»Tha, el primer elefante, fue el señor de la selva porque él trazó con sus colmillos los surcos por donde debería correr el agua y con su trompa ayudó a quitarla de los sitios donde ahora hay árboles y hierbas.

»En esa primera selva los animales vivían tranquilamente porque todos se alimentaban de frutas y hierbas, y aunque Thá era el señor de la selva, necesitaba a alguien que le ayudara a vigilar que todo siguiera como hasta entonces. Por esto nombró dueño

y juez al tigre, que antes tenía la piel amarilla. Pero después se arrepintió, pues durante una pelea entre gamos uno de éstos golpeó al tigre y éste lo mató. El tigre huyó y Tha pidió a las ramas y a las enredaderas que señalaran al culpable. Desde entonces el tigre tiene esas rayas oscuras.

»Como castigo, Tha dijo que todos conocerían el miedo; a partir de entonces los animales comenzaron a formar manadas para protegerse, pues antes no conocían al miedo. Un día llegó el tigre y le pidió a Tha que le concediera algo que recordara a sus hijos que un día había sido juez de la selva y en vez de generar muerte había infundido respeto. Tha le dijo que cada determinado tiempo tendría "su noche" y durante ella "el miedo" le temería a él.

»Verás que yo terminaré con el miedo, ya sé dónde se encuentra —dijo el tigre esperando conseguir el perdón.

»Sólo espero que esta vez, cuando lo encuentres, tengas misericordia de él.

»El tigre se dirigió hacia una cueva donde encontró a un hombre y se lanzó sobre él por la espalda dejándolo muerto. Entonces regresó a donde estaba Tha.

»Me he desecho del "miedo", vengan, ya no teman.

»Eres un tonto, lo único que has conseguido es que otros parecidos al que mataste vengan a la selva, ahora ya no viviremos tranquilos y todos los animales de la selva huirán de ti —dijo Tha.

»Desde entonces el tigre odia a todos los animales que comen hierbas porque fueron éstas las que lo señalaron.

—Entonces, ¿el tigre puede matar un hombre durante su noche? —preguntó Mowgli.

—Sí, viéndolo a los ojos, es el único momento en que aquél le teme. Las demás veces que el tigre mata hombres lo hace por la espalda, recuerda que no soporta que los hombres lo miren a los ojos.

—De historias como ésta está llena la selva, hermanito; son tantas que nunca terminaríamos de contártelas, y ahora, anda, suéltame la oreja —concluyó Baloo.

¡Al tigre! ¡Al tigre!

Volvamos ahora hasta el momento en que los lobos de la deshecha manada de Seeonee lanzaron a Mowgli.

Luego de caminar durante un largo trecho, Mowgli encontró una aldea. Al acercarse, los pobladores corrieron asustados a avisar al sacerdote, un hombre vestido de blanco.

—No teman, sólo es un niño-lobo que se ha escapado de la selva —y dirigiéndose a una mujer le dijo—: Messua, la selva te devuelve el hijo que el tigre te robó hace tiempo, llévatelo a tu casa.

—En verdad te pareces a mi hijo —comentó emocionada la mujer mientras lo abrazaba—. Ven, yo te daré casa y alimento.

Al entrar a aquella casa, Mowgli se sintió como si hubiera caído en una trampa, pues él estaba acostumbrado a andar libre por toda la selva.

—Toma un poco de leche con pan, luego puedes descansar en esta cama —dijo la mujer que hablaba con cariño a Mowgli—. Eres listo y poco a poco aprenderás a hablar nuestro idioma.

Llegada la hora de acostarse, Mowgli prefirió salir por la ventana y acostarse sobre la fresca hierba.

Cuando estaba a punto de quedarse dormido, Mowgli sintió un hocico suave.

—Hermano Gris, ¿cómo me encontraste?

—Te seguí todo el tiempo; aunque te hayan echado de la manada nosotros, los cuatro cachorros de mamá y papá Lobo, te queremos. Además traigo una noticia: Shere Khan ha vuelto.

—Todos los días miraré hacia aquella peña, donde alguno de los cuatro se colocará. El día que no los vea sabré que conocen el lugar donde encontraré a Shere Khan y tú, Hermano Gris, me lo dirás.

En la aldea encargaron a Mowgli llevar a los búfalos a pastar, y él cada mañana observaba la señal que le enviaban sus hermanos lobos. Pero un día ya no los vio y se adentró en la selva a buscar al Hermano Gris.

—Shere Khan quiere cazarte hoy por la noche; ahora está descansando en la colina.

—Tengo un plan para adelantarme a Shere Khan y ser yo quien lo cace; escucha y ayúdame.

—He traído ayuda, ven Akela —llamó el Hermano Gris y Mowgli se sintió feliz de que el viejo lobo aún se acordara de él.

El plan consistía en separar a los búfalos machos de las hembras y sus crías. Hermano Gris y Mowgli condujeron hacia arriba a los machos y Akela se llevó a las hembras y sus hijos por la parte de abajo. Pretendían acorralar a Shere Khan.

Así lo hicieron. Shere Khan fue embestido por los búfalos y allí murió. Con mucho esfuerzo Mowgli y los lobos lograron calmar a los búfalos y se sintieron felices de que todo saliera como lo habían planeado.

—Ahora, ayúdenme a desollar a Shere Khan, hermanos —y con satisfacción agregó—: ¿Viste cómo al fin yo te cacé a ti, tigre cojo?

Desde lejos, los habitantes de la aldea vieron cómo corrían los búfalos, y Buldeo, el viejo cazador, al ver que Mowgli volvía con la piel del tigre le dijo:

—Te perdonamos que no hayas cuidado bien el ganado. Ahora entrégame esa piel por la que me darán una gran recompensa.

—¡Akela, ayúdame! —gritó Mowgli a la vez que Akela aparecía de un salto ante el aterrado cazador— Esta piel es una antigua promesa que hice a mi familia del Pueblo Libre. ¡No te la daré!

—Por favor, deja que me vaya —sollozó el cazador—. Dile a tu lobo que no me haga daño.

Mowgli ordenó a Akela que no hiciera nada a Buldeo y los demás pobladores comenzaron a apedrear a Mowgli.

—Vaya, ahora resulta que los hombres también me echan de su manada. Vámonos, Hermano Gris, Akela. Llevaré la piel de Shere Khan a la Peña del Consejo y nunca más me ocuparé de la manada humana.

La selva invasora

Después de que Mowgli clavó en la Peña del Consejo la piel de Shere Khan su vida volvió a la normalidad.

Todos los habitantes de la selva eran sus amigos y él se sentía feliz, hasta que un día Akela se enteró de que la mujer y el hombre que habían dado casa y alimento a Mowgli estaban en peligro.

—Hermanito, aunque quieras no podrás alejarte de la manada humana; escucha, ¿acaso no reconoces los pasos de un hombre?

—Estoy seguro de que es Buldeo, el cazador —y dirigiéndose a Bagheera que se preparaba para atacar, dijo—: Nosotros no matamos por matar.

En ese momento escucharon que otros hombres se acercaron a Buldeo.

—¿Por casualidad no han visto a un niño-diablo? —y comenzó a contarles una historia terrible llena de

mentiras—. Hemos encerrado a los padres de ese niño y en cuanto yo lo atrape quemaremos a los tres.

Al escuchar esto, Mowgli pidió a sus amigos que no permitieran que Buldeo llegara a la aldea antes que él, aunque les pidió que no le hicieran daño.

Mowgli se dirigió a la aldea y vio que casi todos los habitantes se encontraban cerca del árbol en que hacían sus reuniones en espera de que Buldeo llegara; estaban tan entretenidos que no se percataron de que Mowgli estaba a punto de entrar por la ventana de la choza donde estaban encerrados sus padres adoptivos.

En ese momento Mowgli sintió un hocico más que conocido que le tocaba el pie:

—Ranita mía, te seguí porque aunque sabes que yo fui quien te dio la primera leche, en este lugar hay alguien que te quiso y que también te la dio mientras viviste entre los hombres —murmuró mamá Loba.

—Madre, asómate por la ventana, trata de que no te vean para que no se asusten, después ocúltate para que yo pueda liberar a Messua y a su marido.

Poco después Mowgli desató a la pareja y les dijo que debían huir. Él se encargaría de que los aldeanos pagaran por todo lo que los habían lastimado.

—Nos dirigiremos a Khanhiwara; allí encontraremos a los ingleses y les pediremos ayuda —dijo el marido de Messua—; algo que me preocupa es que deberemos caminar toda la noche atravesando la selva.

—Nada les pasará, los míos les abrirán camino y yo me encargaré de que nadie de esta aldea los siga, vayan tranquilos aunque escuchen los cantos de mi gente.

—Estoy segura de que tú eres mi Nathoo y confío en ti, iremos sin miedo.

—Regresen dentro de un tiempo y verán lo que habrá sucedido con esta aldea —dijo por último Mowgli.

En cuanto la pareja emprendió el camino, Mowgli se dio cuenta de que Buldeo había llegado ya y que de un momento a otro los hombres entrarían a esa choza.

—Hermanito, ¿quieres que haga algo? Esto es realmente divertido —dijo Bagheera, que había llegado

a la aldea con los lobos amigos al mismo tiempo que el viejo cazador Buldeo.

—Necesito que me ayuden a evitar que los aldeanos salgan de este lugar mientras mi mamá Messua y su marido escapan.

—No necesitamos a los otros, yo me encargo de esto.

Bagheera se acostó en la cama donde tenían amarrada a la pareja y en cuanto los hombres abrieron la puerta y se encontraron con la enorme pantera negra corrieron a sus chozas y se encerraron.

—Seguro que no saldrán de allí hasta mañana —sonrió Mowgli y decidió irse a dormir sintiendo que buena falta le hacía.

Cuando despertó, ya tenía un plan para vengarse. Pidió ayuda a Hathi y sus hijos para que junto con los animales de la selva que se alimentan de hierbas fueran a las tierras de labranza de los hombres y se alimentaran de todo cuanto allí encontraran.

—Hathi, no me interesa lastimar a ningún hombre, no quiero oler su sangre como olí y vi la de Messua con las

heridas que los otros hombres del pueblo le provocaron. Yo no soy como el viejo Shere Khan.

—A nosotros tampoco nos gusta, nos envuelve en una especie de locura —dijo Hathi.

Después de esto todos los animales acabaron con los sembradíos de los hombres y éstos decidieron abandonar el lugar que, con el paso de los meses, se fue cubriendo con las hierbas de la selva.

Los perros de rojiza pelambre

Poco después de lo sucedido con la manada de los hombres, mamá Loba y papá Lobo murieron y Mowgli colocó una piedra a la entrada de su cueva.

Akela, por su parte, había envejecido tanto que Mowgli tenía que cazar para él, cosa que hacía con gran gusto.

Los hijos de los lobos de la manada de Seeonee se habían multiplicado tanto que un día Akela los reunió en el Consejo de la Peña.

—Nosotros formamos el Pueblo Libre y justo es que nuestra manada no permanezca más tiempo sin jefe; ha llegado el momento de que nombren a alguien que los pueda guiar dignamente como lo hice yo en su momento.

Los lobos estuvieron de acuerdo y eligieron a Fao. A partir de entonces se llevarían a cabo otra vez las reuniones en la Peña.

Un día en que Mowgli llevaba de comer a Akela escucharon un terrible aullido.

—No entiendo de dónde proviene, Shere Khan ya no puede causar daño —dijo Mowgli.

En ese momento se presentó un lobo ensangrentado con unas horribles heridas.

—¡Buena suerte! Me llamo Won-tolla, *el que vive separado de los demás*. Me han atacado los dholes, esos perros de pelambre rojiza que son más pequeños que los lobos y menos ágiles, pero que atacan cuando se han reunido unos 200, para desgracia de los habitantes de la selva.

—Hermanito —dijo Akela dirigiéndose a Mowgli—, será mejor que te dirijas hacia el norte; esas fieras matan a todo aquel que encuentran; nada sobrevive a su paso y nadie se atreve a enfrentárseles.

—No pienso huir, al contrario, debemos organizarnos para enfrentar a los dholes —gruñó Mowgli—. Reúnanse en la Peña y esperen allí, yo les diré lo que haremos.

—Tienes toda la razón, nos defenderemos —gritó Akela y todos lo apoyaron—. Ésta será mi última lucha pero será la mejor.

Mowgli corrió a buscar a Kaa, la serpiente pitón, quien, aunque consideraba que nadie merecía su amistad en la selva, sentía un gran cariño por Mowgli.

—Tú eres un hombre, no un lobo, deja que la manada se encargue de defenderse. ¿Acaso no recuerdas cuando te echaron?

—Ahorita soy un lobo y no dejaré solos a los míos.

—Siendo así, te diré qué hacer.

Kaa y Mowgli nadaron en el río Waingunga hasta la parte de arriba por donde se estrecha; allí percibieron un olor agridulce que se hacía insoportable.

—¡Estamos en la Morada de la Muerte! —susurró Mowgli, temiendo molestar al Pueblo Diminuto.

—¿Conoces otro pueblo además del de las abejas, al que se le tema tanto?

—No, son los más feroces —susurró Mowgli.

El plan de Kaa era sencillo: Mowgli se encargaría de que los dholes lo siguieran hasta la Morada de la Muerte; después, antes de que las abejas pudieran reaccionar, saltaría al río y Kaa lo esperaría en el agua para protegerlo en el momento de su caída.

Todo esto tenía que hacerse con rapidez, pues en cuanto el Pueblo Diminuto se enfureciera al notar a los intrusos comenzaría a atacar. Los dholes que sobrevivieran a las abejas y que no murieran durante la caída al río serían arrastrados por el agua hasta donde los lobos los esperarían para luchar.

El plan salió perfecto y Mowgli, una vez que logró llegar hasta donde estaban los suyos, sacó su cuchillo.

"Éste será un colmillo más; sin embargo, no pensé que lograran salir con vida tantos dholes de mi trampa" —pensó Mowgli preocupado al ver que al menos cada lobo debería pelear con dos dholes.

Los cuatro lobos hermanos se encargaron de proteger a Mowgli. Akela y Won-tolla luchaban a pesar de no tener la fuerza de un lobo joven.

Finalmente, la manada de Seeonee logró vencer a los dholes, pero la felicidad se vio empañada cuando Mowgli descubrió entre los lobos caídos a Akela, con graves heridas.

—Hermanito, te dije que ésta sería una gran batalla. Una vez yo te salvé la vida, ahora tú has salvado al Pueblo Libre. Sin tu ayuda nunca los hubiéramos enfrentado, por tanto, no nos debes nada, ni nosotros a ti. Ayúdame a levantarme para entonar la Canción de la Muerte que todo jefe de la manada debe cantar y tú vete feliz con los tuyos.

—¡Yo soy un lobo! —lloraba Mowgli al ver que Akela se desvanecía.

—¡Buena suerte! ¡Un lobo ha muerto! —aulló Fao por la partida de Akela.

Correteos primaverales

Pasados dos años desde la lucha con los dholes y de la muerte de Akela, Mowgli tendría unos 17 años.

—Bagheera, me siento raro, no estoy contento con nada, es como si algo me quemara por dentro. ¿No sabes qué es lo que me pasa?

—Hemanito, se acerca la época del nuevo lenguaje, ¿no sientes que hasta el aire es diferente? —respondió Bagheera sin haber escuchado lo que Mowgli le decía.

—Sabré cuando llegue porque nadie estará conmigo, todos irán a bailar y cantar con los de sus manadas y me dejarán solo como la vez pasada.

Antes, cuando llegaba la primavera, Mowgli se iba con los suyos a las correrías y las disfrutaba. Pero esta vez se sentía peor que el año pasado y estaba de mal humor.

El nuevo lenguaje había llegado, todos los animales cantaban y lo saludaban, pero él no respondía porque las palabras se le quedaban atoradas en la garganta.

—Seguro comí algo venenoso y moriré.

Mowgli llamó a los cuatro hermanos lobos, pero no le hicieron caso. Entonces echó a correr y encontró unas chozas; de una de ellas salió una mujer.

—¿Messua? —preguntó tímidamente Mowgli.

—Nathoo, ¿eres tú, hijo?

Mowgli se acercó y la mujer lo abrazó diciéndole que había crecido mucho. Messua le contó que el día en que escaparon ella y su esposo llegaron con bien hasta donde estaban los ingleses, quienes los protegieron y les permitieron vivir en esa aldea donde hacía un año que había muerto su esposo dejándola con su pequeño hijo.

Messua volvió a alimentar a Mowgli y le arregló el cabello. Ambos se sentían felices. De pronto, se escuchó un ruido conocido para Mowgli y Messua dijo aterrada:

—No permitas que tu gente nos haga daño.

—No temas; cuando ustedes huyeron, los míos les abrieron camino. Ahora me voy —y se despidió.

—Vuelve pronto, hijo mío —dijo Messua.

Fuera de la choza Mowgli encontró al Hermano Gris.

—¿Por qué volviste con los hombres, hermanito?

—Porque ustedes me abandonaron.

—Pero siempre volvemos a buscarte. Siempre estaremos contigo los cuatro.

Al cruzar por entre la hierba, Mowgli observó a una bella joven y, sin saber por qué, sintió deseos de ir tras ella, pero decidió hablar antes con los suyos.

—Hermanos, siento que algo me obliga a irme.

—Yo, Baloo, te digo que el hombre siempre vuelve al hombre. Pero siempre que nos necesites te ayudaremos.

En ese momento se escuchó un rugido:

—Una vez pagué un toro por salvarte la vida, ahora acabo de matar otro para liberarte. Recuerda que Bagheera siempre te quiso —y la hermosa pantera negra desapareció entre las ramas.

Y así termina la historia de Mowgli el niño-lobo que fue el amo de la selva.

Cuentos de la selva

Horacio Quiroga
(1878-1937)

Narrador uruguayo radicado en Argentina. Considerado uno de los mayores cuentistas latinoamericanos de todos los tiempos. Su obra se sitúa entre la declinación del modernismo y la emergencia de las vanguardias.

Estudió en Montevideo y pronto se interesó por la literatura. Influido por Edgar Allan Poe, Rudyard Kipling y Guy de Maupassant, Horacio Quiroga destiló una notoria precisión de estilo, que le permitió narrar magistralmente la violencia y el horror que se esconden detrás de la aparente apacibilidad de la naturaleza.

Además de sus cuentos ambientados en la selva, abordó relatos de temática parapsicológica o paranormal, al estilo de lo que hoy conocemos como literatura de anticipación.

Síntesis

Cuentos de la selva es un magnífico libro de cuentos para niños. La selva es el escenario principal y sus personajes son animales y algunos humanos.

Las historias de una tortuga, unos flamencos, un loro, unos yacarés (caimanes), una gama, unos coatíes, unos peces y una abeja combinan humor y tragedia, pero especialmente presentan una serie de lecciones, enseñanzas, castigos y recompensas ante la conducta de sus protagonistas.

Con gran ingenio, estos cuentos enseñan a los niños lo que es bueno y malo no sólo para los animales, sino también para los seres humanos.

Introducción

Horacio Quiroga escribió el libro *Cuentos de la selva*, considerado un clásico de la literatura para niños. En él podrás leer ocho relatos en los que los hombres conviven o pelean con los animales, además de las aventuras de un hombre que se queda solo en el monte con una tortuga, así como una hermosa historia de flamencos.

Aquí conocerás los resúmenes de esos cuentos para que aprendas cosas sobre los animales de la selva y algunas lecciones sobre lo importante que es ayudarse y tratar bien a los animales y a los demás.

El autor de los cuentos, Horacio Quiroga, vivió durante muchos años en Misiones, un lugar ubicado en medio de la selva, y allí fue donde se inspiró en los personajes de los cuentos que lo harían famoso.

Acompáñanos en este viaje por la naturaleza y disfruta de las aventuras de los animales que habitan en ella. ¿Sabías que en Argentina a los caimanes se les llama yacarés? Descubre éste y otros nombres de animales mientras lees los magníficos cuentos que Horacio Quiroga escribió después de vivir muchos años en la selva.

La tortuga gigante

Había una vez un hombre sano y trabajador que vivía en Buenos Aires. Un día se enfermó y los médicos le dijeron que tendría que irse al campo para curarse. Un amigo suyo, que era director del zoológico, le ofreció un empleo como cazador, para que pudiera irse a vivir al monte y recuperarse.

El hombre aceptó. Vivía solo en el bosque y comía pájaros y bichos del monte. Dormía bajo los árboles y se refugiaba bajo las hojas de las palmeras. Acostumbraba llevar al hombro los cueros de los animales que cazaba. Pronto, el hombre recuperó el buen color y la fuerza.

Un día, vio a la orilla de una gran laguna un tigre que quería comerse una tortuga. Al ver al hombre, el tigre se lanzó sobre él, pero el cazador le apuntó entre

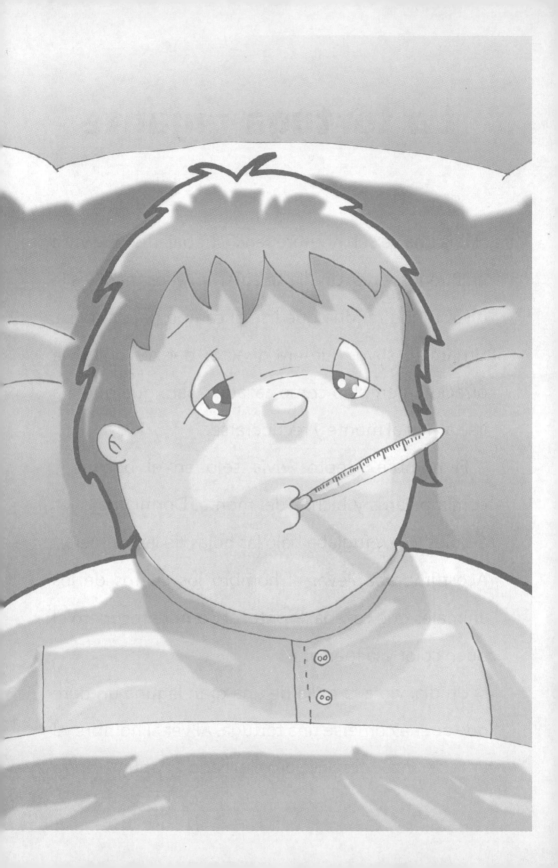

los dos ojos y le abrió la cabeza. Después le quitó la piel y se acercó a la tortuga, pues quería aprovechar su carne. Pero el hombre vio que la tortuga estaba muy herida y a pesar del hambre que sentía tuvo lástima de ella y le vendó la cabeza con tiras de su camisa. La tortuga era inmensa y pesaba tanto como un hombre.

Al cabo de unos días la tortuga sanó gracias a los cuidados del hombre, pero entonces él se enfermó. Tenía fiebre y le dolía todo el cuerpo y decía en voz alta que moriría de hambre y de sed, pues no podía moverse. Entonces perdió el conocimiento.

Pero la tortuga lo había oído y, como estaba agradecida porque él la había curado, se fue a la laguna, buscó un caparazón de tortuga chiquita, la llenó de agua y le dio de beber al hombre. También buscó muchas raíces y hierbas que le llevó para que comiera. Al cabo de unos días, el hombre recobró el conocimiento y dijo:

—Me va a volver a dar fiebre y voy a morir porque solamente en Buenos Aires hay medicinas para poder curarme.

Y al oír esto, la tortuga cortó enredaderas finas y fuertes, acostó al hombre encima de su caparazón, lo sujetó bien con las enredaderas y, con él a cuestas, caminó y caminó de día y de noche; atravesó montes y campos, cruzó ríos y pantanos. Por las noches buscaba raíces y agua y se las daba al hombre enfermo.

Así anduvo días y días, semana tras semana. Cada día estaban más cerca de Buenos Aires, pero también, cada día la tortuga se iba debilitando y tenía menos fuerza, hasta que llegó un día en que la tortuga no pudo más. Había llegado al límite de sus fuerzas.

Cuando llegó la noche, vio una luz lejana en el horizonte y no supo qué era. Cerró los ojos para morir junto al cazador, pensando con tristeza que no había

podido salvar al hombre que había sido bueno con ella. Sin embargo, estaba ya en Buenos Aires y ella no lo sabía. La luz que veía era el resplandor de la gran ciudad.

Un ratón de la ciudad encontró a los dos viajeros moribundos y le preguntó a la tortuga hacia dónde se dirigían. Cuando la tortuga le dijo que a Buenos Aires, el ratón dijo:

—¡Ah, zonza! Si ya has llegado. Es esa luz de allá.

Al oír esto, la tortuga sintió que tenía una fuerza inmensa y emprendió la marcha. Era de madrugada cuando el director del zoológico vio llegar a la tortuga y al hombre. El director reconoció a su amigo y fue a buscar las medicinas con las que el cazador se curó de inmediato.

Cuando el cazador supo cómo lo había salvado la tortuga no quiso separarse más de ella y como no podía tenerla en su casa, el director del zoológico se

comprometió a tenerla en el jardín y a cuidarla con mucho cariño como si fuera su propia hija.

Ahora la tortuga, feliz y contenta, pasea por el jardín y el cazador la va a visitar todas las tardes, pasan un par de horas juntos y a ella le gusta que le dé una palmadita de cariño en el lomo antes de irse.

Las medias
de los flamencos

Ciertas víboras dieron un gran baile e invitaron a las ranas, a los sapos, a los flamencos, a los yacarés y a los peces. Las víboras estaban hermosísimas. Todas estaban vestidas con traje de bailarina, del mismo color que la piel de cada víbora. Las más espléndidas eran las víboras coralillo y cuando daban vuelta apoyadas en la punta de la cola, todos los invitados aplaudían como locos.

Sólo los flamencos estaban tristes porque, como tienen muy poca inteligencia no habían sabido cómo adornarse. Envidiaban el traje de todos, y sobre todo el de las víboras coralillo. Cada vez que una víbora pasaba frente de ellos, coqueteando, los flamencos se morían de envidia. Un flamenco dijo entonces:

—Usaremos medias coloradas, blancas y negras, y las víboras coralillo se van a enamorar de nosotros.

Así, los flamencos fueron al pueblo y tocaron la puerta en los almacenes, pero en todos les decían que no había medias coloradas, blancas y negras. Nadie tenía lo que los flamencos querían. Recorrieron todos los almacenes y en todas partes los tomaban por locos. Entonces, un tatú, que es el nombre del armadillo en lengua guaraní, les dijo que su cuñada la lechuza tenía medias como las que ellos querían. Los flamencos se fueron volando a la cueva de la lechuza y le pidieron las medias.

—Con gusto —dijo la lechuza, y salió volando.

Después de un rato volvió, pero no traía medias, sino lindísimas pieles recién quitadas a las víboras que la lechuza había cazado. Y dijo a los flamencos:

—Aquí están las medias. No se preocupen por nada, sino por una sola cosa: bailen toda la noche sin

parar ni un solo momento. No paren ni un momento, porque, si no, en vez de bailar van a llorar.

Pero los flamencos no comprendían bien el gran peligro que había para ellos y contentos se pusieron las medias y se fueron volando al baile.

Cuando llegaron con sus hermosísimas medias todos les tuvieron envidia; las víboras querían bailar con ellos y, como los flamencos no dejaban de mover las patas, las víboras no podían ver de qué estaban hechas aquellas preciosas mallas. Pero al cabo de un rato, las víboras empezaron a sospechar y a fijarse en las medias. Los flamencos no dejaban de bailar a pesar de que estaban cansadísimos, hasta que un flamenco que ya no podía más, se tropezó y cayó de costado. Entonces, las víboras se acercaron y vieron de qué eran aquellas medias.

—¡Nos han engañado! ¡Los flamencos han matado a nuestras hermanas y se han puesto sus pieles como medias! ¡Esas medias son de víboras coralillo!

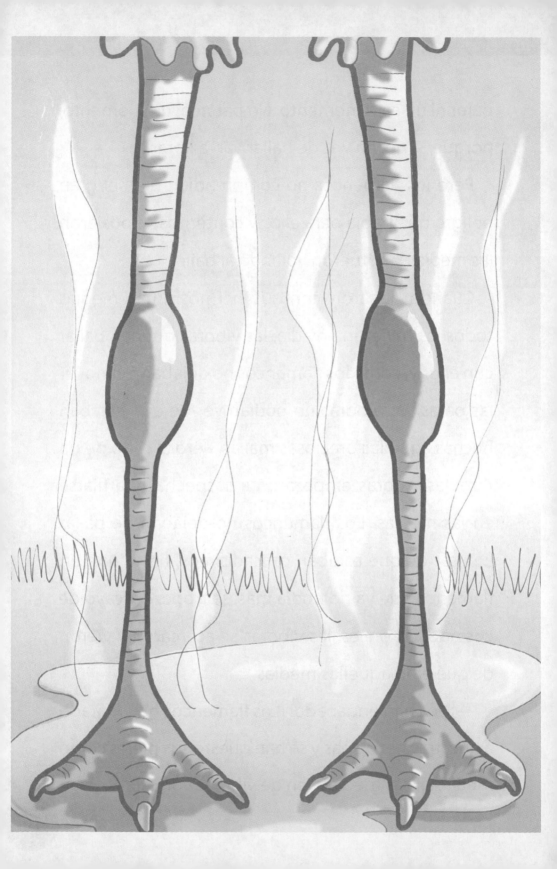

Los flamencos quisieron huir volando, pero estaban tan cansados que no pudieron levantar una sola pata. Entonces, las víboras coralillo se lanzaron sobre ellos y les deshicieron a mordiscos las medias, y les mordían también las patas para que murieran.

Pero los flamencos no murieron. Corrieron a echarse al agua y sintieron un grandísimo dolor. Siempre sentían un terrible ardor en las patas. Las tenían color sangre, porque estaban envenenadas.

Ahora, los flamencos están casi todo el día con sus patas coloradas metidas en el agua, tratando de calmar el ardor que sienten en ellas. A veces se alejan de la orilla, pero los dolores del veneno vuelven en seguida y corren a meterse al agua. A veces, el ardor es tan grande que encogen una pata y se quedan así horas enteras, porque no pueden estirarla.

Y ésta es la historia de los flamencos que antes tenían las patas blancas y ahora las tienen coloradas.

El loro pelado

Había una vez una banda de loros que vivía en el monte. Como los loros se comían los guisados, los peones los cazaban a tiros.

Un día, un peón bajó de un tiro a un loro y lo llevó con los hijos del patrón, quienes lo curaron porque tenía un ala rota. El loro sanó muy bien y se volvió completamente manso. Se llamaba Pedrito. Aprendió a dar la pata; le gustaba estar en el hombro de las personas y con el pico les hacía cosquillas en la oreja. A la hora del té, el loro entraba en el comedor y comía pan mojado con leche. También aprendió a hablar. Decía: "¡Buen día lorito!", "¡Rica la papa!", "¡Papa para Pedrito!". Era un loro muy feliz.

Ahora bien, sucedió que una tarde de lluvia salió el sol después de cinco días de temporal, y Pedrito salió

y voló y voló hasta que se asentó por fin en un árbol a descansar. De pronto vio brillar en el suelo dos luces verdes y, como era muy curioso, fue bajando de rama en rama hasta acercarse. Entonces, vio que aquellas dos luces eran los ojos de un tigre que estaba agachado mirándolo fijamente. Pero Pedrito estaba tan contento con el maravilloso día que no tuvo miedo y dijo:

—¡Rico té con leche! ¿Quieres tomar té con leche conmigo, amigo tigre?

Pero el tigre se puso furioso porque creyó que el loro se reía de él y, además, como tenía hambre, se quiso comer al pájaro hablador. Así que le contestó:

—¡Bue-no! ¡Acérca-te un po-co que soy sordo!

Y Pedrito voló hasta otra rama que estaba más cerca del suelo.

—¡Más cer-ca! ¡No oi-go na-da! —dijo el tigre con voz ronca.

El pobre loro se acercó aún más, y en ese momento el tigre dio un terrible salto y alcanzó con la punta de las uñas a Pedrito. No lo mató, pero le arrancó todas las plumas del lomo y la cola entera. Gritando de dolor y de miedo se fue volando Pedrito, pero no podía volar bien porque le faltaba la cola. Por fin llegó a la casa y se miró en el espejo de la cocina. Era el pájaro más raro y feo que puede imaginarse. Todo pelado, todo rabón y temblando de frío. ¿Cómo iba a presentarse en el comedor así? Se escondió entonces en el hueco de un eucalipto, tiritando de frío y de vergüenza.

En el comedor todos se preguntaban dónde estaba Pedrito, hasta creyeron que había muerto, y todas las tardes a la hora del té lo recordaban. Pero él seguía escondido. Salía a comer por las noches y esperaba a que le crecieran las plumas. Hasta que un día los miembros de la familia se querían morir de gusto cuando lo vieron vivo y con lindísimas plumas nuevas.

A la mañana siguiente, el loro le contó a su dueño lo que había pasado y lo invitó a salir a la caza del tigre. Así lo hicieron y decidieron que mientras Pedrito distraía al tigre con su charla, el hombre lo cazaría con su escopeta.

Al encontrar al tigre, Pedrito empezó a hablarle y el tigre, al reconocerlo, juró que esta vez no se le escaparía. Y mientras intentaba atrapar a Pedrito, el hombre se acercó y le disparó con su escopeta. El loro estaba loco de contento porque se había vengado del feísimo animal y el hombre también estaba feliz porque había conseguido una piel para el comedor.

Pero el loro no se olvidaba de lo que le había hecho el tigre, y todas las tardes se acercaba a la piel del tigre y lo invitaba a tomar té con leche:

—¡Rica papa! —le decía— ¿Quieres té con leche? ¡La papa para el tigre!

Y todos se morían de risa. Y Pedrito también.

La guerra de los yacarés

En un río muy grande, en un país desierto donde nunca había estado el hombre, vivían muchos yacarés (caimanes) tranquilos y contentos. Pero una tarde, mientras dormían la siesta, un yacaré se despertó y levantó la cabeza porque creía haber oído un ruido. Despertó a los demás yacarés, los cuales, al oír el ruido, se asustaron y corrieron de un lado para otro. El ruido crecía y crecía. Pronto, vieron una nubecita de humo a lo lejos y oyeron en el río un ruido de chas-chas, como si golpearan el agua muy lejos.

Los yacarés, espantados, se hundieron en el río y vieron pasar delante de ellos una cosa inmensa llena de humo, que era un barco de vapor de ruedas que

navegaba por primera vez en aquel río. El barco se alejó y un yacaré viejo y sabio les explicó que era un vapor, lleno de fuego, y que todos los yacarés se iban a morir si el buque seguía pasando por allí.

Cuando buscaron peces para comer en el río vieron que no había ni uno. Todos se habían ido asustados por el ruido del barco de vapor.

Al día siguiente, el vapor volvió a pasar y a espantar a los peces, así que los yacarés decidieron construir un dique para impedirle el paso. Así lo hicieron y al otro día el vapor se detuvo ante el dique y los hombres mandaron un bote para ver qué era aquello que les impedía pasar. Los hombres del bote gritaron:

—¡Eh, yacarés! ¡Nos están estorbando el paso! ¡Saquen el dique!

Pero los yacarés se negaron y los hombres, enfadados, prometieron volver al día siguiente. El vapor se fue y los yacarés, locos de contento, daban coletazos en el agua.

Pero al día siguiente volvió el vapor y, cuando los yacarés miraron al buque, quedaron mudos de asombro: era un buque de guerra, un acorazado con terribles cañones. Entonces los yacarés, desde la orilla, oyeron un sonoro estallido y una bala de cañón cayó en pleno dique. Y en seguida cayó otra bala, y otra y otra más, y cada una hacía saltar por el aire, en astillas, un pedazo de dique. El buque de guerra pasó y los yacarés estaban tristes porque los yacarés chiquitos se quejaban de hambre. Entonces, el viejo yacaré dijo:

—Todavía tenemos una esperanza. Vamos a ver al surubí, que es un pez enorme de río. Él vio un combate entre dos buques de guerra en el mar, y trajo hasta aquí un torpedo que no reventó. Vamos a pedírselo.

Fueron corriendo a verlo. Al escuchar la historia de los yacarés, el surubí decidió prestarles el torpedo y

ayudarles a explotarlo, ya que ningún yacaré sabía cómo hacerlo. Organizaron entonces el viaje y entre todos construyeron otro dique.

El buque de guerra apareció otra vez y el oficial les gritó a los yacarés que sacaran el dique o lo destruirían, y después, para que no volvieran a hacer otro, destruirían también a todos los yacarés.

Mientras tanto, el surubí había colocado su torpedo en medio del dique, ordenando a cuatro yacarés que lo hundieran en el agua hasta que él les avisara. De repente, el buque de guerra se llenó de humo y lanzó el primer cañonazo contra el dique. Entonces, el surubí dio la orden de soltar el torpedo, activó el mecanismo que lo ponía en marcha y lo lanzó hacia el buque. El torpedo chocó con el inmenso buque, justamente en el centro, y lo partió en quince mil pedazos. Los yacarés vieron a los hombres muertos, heridos y algunos vivos que el río arrastraba, y se burlaron de ellos.

Los yacarés sacaron el resto del dique que para nada servía ya, puesto que ningún buque volvería a pasar por allí. Los yacarés acompañaron al surubí hasta su gruta y le dieron las gracias infinidad de veces. Volvieron después a su paraje. Los peces regresaron también, los yacarés vivieron y viven todavía muy felices, porque se han acostumbrado al fin a ver pasar vapores y buques que llevan naranjas. Pero no quieren saber nada de buques de guerra.

La gama ciega

Una tarde, una gamita vio, en el hueco de un árbol, muchas bolitas juntas de color pizarra que colgaban. Como era muy traviesa, dio un cabezazo a aquellas cosas y vio que las bolitas se habían rajado y caían gotas. Habían salido también muchas mosquitas rubias que caminaban apuradas por encima.

La gama se acercó y las mosquitas no la picaron. Probó una gota con la punta de la lengua y se relamió con gran placer: eran gotas de miel riquísima, y las bolas de color pizarra eran una colmena de abejitas que no picaban porque no tenían aguijón.

La gamita se comió la miel y, después, su mamá la reprendió y le dijo que debía tener cuidado con los nidos de abejas. Le explicó que hay abejas y avispas que sí pican y le advirtió que se alejara de las colmenas.

Pero lo primero que hizo al día siguiente fue buscar los nidos de las abejas. Halló uno, pero esta vez el nido tenía abejas oscuras, con una fajita amarilla en la cintura. Entonces le dio un cabezazo al nido. ¡Ojalá nunca lo hubiera hecho! Salieron en seguida miles de avispas que le picaron en todo el cuerpo y hasta en los ojos.

La gamita, loca de dolor, corrió gritando hasta que tuvo que pararse porque no veía más: estaba ciega. Lloró desesperadamente hasta que su madre, quien había salido a buscarla, la encontró al fin y la llevó hasta su cubil.

La madre recordó que en el pueblo, que estaba al otro lado del monte, vivía un hombre que tenía remedios. El hombre cazaba venados pero era un hombre bueno, y como la madre estaba desesperada, se atrevió a ir a pedir su ayuda. Recogió a su hija y juntas llegaron al pueblo.

—¡Tan!, ¡tan!, ¡tan! —golpearon en su puerta.

El hombre abrió y la gama le contó toda la historia de las abejas. El cazador examinó a la gamita y dijo:

—Esto no es gran cosa, pero hay que tener mucha paciencia. Póngale esta pomada en los ojos todas las noches, y téngala 20 días en la oscuridad; después, póngale estos lentes amarillos y se curará.

—¡Muchas gracias, cazador! —respondió la madre, muy contenta y agradecida.

Las gamas se marcharon y la curación se produjo como dijo el cazador. Al cabo de 20 días la gamita, con sus lentes amarillos, salió corriendo y gritando:

—¡Ya veo, mamá! ¡Ya puedo ver todo!

Y la gama lloraba de alegría al ver curada a su gamita. Pero la gamita quería pagarle al hombre que tan bueno había sido con ella y no sabía cómo. Un día, creyó haber encontrado el medio y se puso a buscar plumas de garza para llevarle al cazador.

Y una noche de lluvia, el hombre estaba leyendo cuando oyó que llamaban a la puerta. Al abrir, vio a la gamita que le traía un plumero de plumas de garza. El cazador se puso muy contento y le regaló un jarrito lleno de miel.

Desde entonces, la gamita y el cazador fueron grandes amigos. Ella le llevaba plumas de garza, que eran muy valiosas para el hombre, y él ponía en su mesa un jarro de miel, y la gamita se quedaba las horas charlando con el hombre. Pasaban así el tiempo, mirando la llama, porque el hombre tenía una estufa de leña, mientras afuera el viento y la lluvia sacudían el alero de paja del rancho.

Por temor a los perros del pueblo, la gamita iba sólo en noches de tormenta. Y cuando caía la tarde y empezaba a llover, el cazador colocaba en la mesa el jarrito con miel y la servilleta, mientras él tomaba café y leía, esperando en la puerta el conocido ¡tan-tan! de su amiga la gamita.

Historia de dos cachorros de coatí y dos cachorros de hombre

Había una vez un coatí que tenía tres hijos. Cuando los coaticitos crecieron, su madre los reunió y les dijo que ya eran lo bastante grandes como para buscar la comida solos, y les advirtió que no la buscaran en el campo, ya que era peligroso a causa de los perros y los hombres que habitaban en él.

Tras esto, los coatíes se separaron y cada uno fue a buscar su comida. El menor, que estaba loco por los huevos de pájaros, sólo encontró dos nidos, así que al caer la tarde tenía tanta hambre como en la mañana. Entonces oyó el canto de un pájaro y corrió hacia el lugar de donde provenía el sonido. Llegó

al campo y a lo lejos vio la casa de los hombres y al pájaro que cantaba. Se dio cuenta de que era un gallo y pensó que quizás podría comerse los huevos de las gallinas. Aunque recordó el consejo de su madre de no entrar al campo, al caer la noche se encaminó a la casa y al intentar morder un huevo que estaba solo en el gallinero, ¡trac!, quedó atrapado en una trampa que el hombre de la casa había puesto para cazar a la comadreja que mataba los pollos y robaba los huevos. Al oír el ruido de la trampa, el hombre y sus dos hijos se acercaron. Al ver al coatí, los niños quisieron quedárselo y el hombre se los entregó. Pusieron al coatí en una jaula y se fueron a dormir.

Al cabo de un rato, el coatí, con gran alegría, vio acercarse a su madre y a sus dos hermanos que lo habían estado buscando por todas partes. Entre todos intentaron abrir la jaula con los dientes pero no lo consiguieron, e hicieron tanto ruido que despertaron al perro y tuvieron que huir al monte.

Al día siguiente, los chicos fueron a ver al coatí y le dieron pan, uvas, chocolate, carne, langostas y riquísimos huevos de gallina. Era tan grande la sinceridad del cariño de los niños que lograron que en un solo día se dejara rascar la cabeza.

Durante dos noches seguidas, el perro durmió cerca de la jaula y la familia del prisionero no se atrevió a acercarse, pero cuando a la tercera noche llegaron a liberarlo, el coatí dijo:

—Yo no quiero irme de aquí. Me dan huevos y son muy buenos conmigo. Hoy me dijeron que si me portaba bien me iban a dejar suelto muy pronto.

Los coatíes salvajes se quedaron muy tristes pero prometieron visitarlo por las noches. Al cabo de 15 días, el pequeño coatí andaba suelto.

Hasta que, una noche muy oscura, los coatís salvajes vieron una enorme víbora enroscada a la entrada de la jaula del coaticito. Tras matar a la víbora, entraron a la jaula y vieron al coaticito hinchado, temblando y

muriéndose por el veneno de la víbora. Lo movieron y lo lamieron en balde durante un cuarto de hora, hasta que el coatí murió. Su madre y sus hermanos lloraron un largo rato y después se fueron otra vez al monte. Pero los tres coatíes estaban muy preocupados por los chicos, que se entristecerían muchísimo al ver al coatí muerto por la mañana. Los chicos lo querían mucho y los coatíes también querían mucho a los chicos que tan bien habían cuidado de su hermano.

Decidieron que el segundo de los coatís, que era muy parecido al menor, iba a quedarse en la jaula.

Al día siguiente, a los chicos les parecieron raras algunas costumbres del coaticito. Pero como era tan bueno y cariñoso como el otro, las criaturas no tuvieron la menor sospecha. Formaron la misma familia que antes, y los coatíes salvajes venían cada noche a visitar al coaticito civilizado y comían pedacitos de huevos duros que él les guardaba, mientras ellos le contaban cómo era la vida de la selva.

El paso del Yabebirí

Yabebirí quiere decir "Río-de-las-rayas" y la picadura de la raya es uno de los dolores más fuertes que pueden llegar a existir. Como en el río Yabebirí hay muchos peces, algunos hombres van a cazarlos con bombas de dinamita, matando a millones, incluso a los chiquitos que no sirven para nada.

Pero una vez, un hombre no quiso que tiraran bombas de dinamita, porque tenía lástima de los pececillos. No se oponía a que pescaran en el río para comer, pero no quería que mataran inútilmente a millones de pececillos. Los hombres se fueron a echar bombas a otra parte y los peces estaban muy agradecidos con su amigo que los había salvado.

Una tarde, el hombre apareció cerca del río, ensangrentado y con la camisa rota. Avanzó

tambaleando hacia la orilla y, apenas puso un pie en el agua, las rayas se apartaron a su paso, dejándole llegar a una pequeña isla. Pero cayó desmayado por la gran cantidad de sangre que había perdido. Había luchado contra un tigre que lo venía persiguiendo.

Entonces apareció el tigre, también herido, pero apenas metió una pata en el agua, sintió como si le hubieran clavado terribles clavos en las patas, y dio un salto hacia atrás. Eran las rayas, que defendían el paso del río y le habían clavado el aguijón de su cola.

El tigre se preparó para dar un enorme salto, ya que sabía que las rayas siempre estaban en la orilla, pero éstas adivinaron sus intenciones y nadaron al centro del río. Al caer el tigre en el agua, una lluvia de aguijonazos lo detuvo en seco y retrocedió corriendo hasta la orilla. Se echó en la arena porque estaba envenenado con el veneno de las rayas.

Pero entonces apareció la tigresa, que se puso loca de furia al ver al tigre en la arena. Al intentar pasar, las rayas también la picaron en las patas y volvió muy enfadada a la orilla.

Al cabo de un rato, la tigresa y el tigre volvieron al monte y las rayas temían que fueran a buscar a otros tigres. Entonces, las rayas fueron a consultar al hombre que podía hablar y moverse un poquito. Pero éste les dijo que si venían muchos tigres, lograrían pasar y que la única solución era mandar a alguien por su rifle. Decidieron enviar al carpinchito, un roedor de hábitos acuáticos que era amigo del hombre y de las carpas. Éste partió corriendo en busca del rifle y de una caja de balas.

Entonces, el monte entero tembló con un rugido: los tigres llegaron a la costa, se lanzaron al agua y cayeron sobre las rayas, que les acribillaron las patas a aguijonazos, pero ellos se defendían a zarpazos y

las rayas volaban por el aire con el vientre abierto por las uñas de los tigres. Media hora duró esa lucha terrible, tras la que todos los tigres estaban otra vez en la playa. Ni uno solo había pasado.

Pero las rayas estaban cansadas y sabían que no podrían resistir otro ataque. Los tigres, que ya habían descansado, saltaron otra vez al agua y recomenzó la terrible lucha; esta vez los tigres avanzaban, la mitad de las rayas se habían muerto ya, y las que quedaban estaban heridas y sin fuerzas.

En ese momento, el carpinchito cruzaba nadando el río, llevando el rifle y las balas en la cabeza para que no se mojaran, y cuando las rayas creían que los tigres iban a devorar a su amigo, oyeron un estallido y vieron que el tigre que iba delante daba un gran salto y caía muerto de un tiro en la frente. El hombre siguió tirando y a cada tigre que caía muerto las rayas respondían con grandes sacudidas de cola, hasta que cayeron todos los tigres.

En poco tiempo, las rayas, que tienen muchos hijos, volvieron a ser tan numerosas como antes. El hombre se curó, y quedó tan agradecido con las rayas que se fue a vivir a la isla, y allí, en las noches de verano, le gustaba tenderse en la playa y fumar a la luz de la luna, mientras las rayas lo presentaban a los peces que aún no lo conocían, contándoles la gran batalla que, aliadas a ese hombre, habían tenido una vez contra los tigres.

La abeja haragana

Había una vez en una colmena una abeja que no quería trabajar. Era una abeja haragana. Todas las mañanas zumbaba de flor en flor, mientras las otras abejas se mataban trabajando para llenar la colmena de miel. Hasta que un día, las abejas guardianas no le permitieron el paso a la colmena.

—¡No entras! —dijeron—. Ésta es la colmena de unas pobres abejas trabajadoras y no hay entrada para las haraganas —y la empujaron afuera.

La abejita voló un rato aún, hasta que se le entumeció el cuerpo y, temblando de frío, se arrastró hasta que cayó rodando al fondo de una caverna, y se halló ante una víbora, que la miraba presta a lanzarse sobre ella. Pero cuando se echó hacia atrás para lanzarse sobre la abeja, ésta exclamó:

—Usted hace eso porque es menos inteligente que yo.

—¿Yo menos inteligente que tú, mocosa? Vamos a verlo: vamos a hacer dos pruebas, la que haga la prueba más rara, gana; si gano yo, te como; si ganas tú, tienes el derecho de pasar la noche aquí hasta que sea de día.

La abejita aceptó y la culebra salió un instante afuera y volvió trayendo una cápsula de semillas de eucalipto y, enrollando la cola alrededor del trompito, como un piolín la desenvolvió a toda velocidad, con tanta rapidez que el trompito quedó bailando y zumbando como un loco.

—Esa prueba es muy linda y yo nunca podré hacer eso —dijo la abeja—, pero yo hago una cosa que nadie hace.

—¿Qué es eso?

—Desaparecer. Sin salir de aquí y sin esconderme en la tierra. Señora Culebra, me va a hacer el favor de darse la vuelta y contar hasta tres; luego, búsqueme por todas partes, ya no estaré más.

La abeja había visto en la caverna un arbustillo con grandes hojas del tamaño de una moneda. La culebra contó hasta tres y se volvió, miró arriba y abajo y a todos lados. La abeja había desaparecido.

—Bueno —exclamó por fin—, me doy por vencida, ¿dónde estás?

—Aquí —respondió la abejita, apareciendo súbitamente de entre una hoja cerrada de la plantita.

¿Qué había pasado? La plantita tenía la particularidad de que sus hojas se cierran al menor contacto, por lo que, al contacto de la abeja, las hojas se cerraron y la ocultaron completamente. La culebra no se había dado cuenta de este fenómeno y quedó muy irritada con su derrota, pero la abeja le recordó la promesa de respetarla. Nunca jamás creyó la abejita

que una noche podría ser tan fría, larga y horrible, y cuando llegó el día, lloró en silencio ante la puerta de la colmena. Las abejas de guardia la dejaron pasar, porque comprendieron que ya no era la paseadora haragana, sino una abeja que había tenido, en sólo una noche, un duro aprendizaje de la vida.

Y, desde ese día, ninguna como ella recogió tanto polen ni fabricó tanta miel y, al término de sus días, dio esta lección a las jóvenes abejas que la rodeaban:

—No es nuestra inteligencia sino nuestro trabajo lo que nos hace fuertes. Yo usé una sola vez mi inteligencia para salvar mi vida, pero no lo habría necesitado si hubiera trabajado como todas. Trabajen, compañeras, pensando que el fin hacia el cual dirigimos nuestros esfuerzos —la felicidad de todos— es muy superior a la fatiga de cada uno. A esto los hombres llaman ideal, y tienen razón. No hay otra filosofía en la vida de un hombre y una abeja.